* 9 7 8 9 7 7 6 8 6 7 2 3 9 *

الهوية

1

دار حروف منثورة للنشر والتوزيع

الطبعة الأولى

الكتاب: الهوية

المؤلف: محمد رضا كافي

تصنيف الكتاب: رواية

تصميم الغلاف: فريق الدار

تنسيق داخلي: فريق الدار

مراجعة لغوية: عبد المعز صفوت

رقم الإيداع:30604/ 2021م

الترقيم الدولي:

مؤسس الدار

مروان محمد

Website: https://horofbooks.com
Fan page: http://facebook.com/horofsbooks
Email: info@horofbooks.com

هاتف جوال: 00201113006296 – هاتف جوال: 00201064054995

كتب حروف منثورة للجيب

سلسلة سباي البوليسية

رواية

الهُوِيَّة

العدد الأول

محمد رضا كافي

1

يا له من شعورٍ سيء أن يهجرك النوم كل ليلةٍ؛ بينما تظل تراقب هذا الظلام وأنت ممددٌ على فراشك حتى يزول.. ثم تبدأ أصوات الطيور في البزوغ شيئًا فشيئًا قبل أن تدرك أنك قد اجتزت الليل كله في الصمت إلى أعتاب الفجر؛ ثم يبدأ وميض ضوء الصباح ينسلّ تدريجيًا عبر شقوق النافذة ليعلن مُضي ليلةٍ أخرى في عالم الأرق المستمر.. وأنا أتساءل.. كيف يمكن لعقلي تحمُّل هذا الأمر مرارًا وتكرارًا؟ ربما للوحدة دورٌ رئيسي في هذه المهزلة المرهِقة، أشعر أنَّ هناك دائمًا مَن يراقبني رغم ذلك.. ربما الوساوس هي من تلعب هذا الدور السادي بلا شفقة ولا رحمة؛ ربما تراكمات عقلي من كل الصور والمشاهد التي أبتلعها يوميًا بسبب عملي في المباحث.. كل هذه الجرائم والمعاناة.. كل هذه الأرواح التي تبحث عن الثأر من الجناة من خلالي.. حتى أنني في كل جريمةٍ وفي خِضم بحثي عن هوية الجاني أشعر أحيانًا أنني أفقد هويتي، ربما هذا هو سبب ما أعانيه يوميًا من أرق.. ربما كان يجدر بي ترك هذه الوظيفة.. ربما.. ولكنني لسبب ما أجهله أشعر أنه لم يعد في استطاعتي تركها، ربما هناك شيءٌ ما بعد كل هذه الحياة. هذه الليلة كانت مختلفة؛ جاءتني مكالمةٌ هاتفيةٌ بعد منتصف الليل من رئيس وحدتي العقيد (سعيد):

- (يوسف)، معذرة على إزعاجك في هذا الوقت من الليل.. و لكن الأمر هام.. تعلم أنَّ المقدم (هيثم) في مهمةٍ تدريبية خارج البلاد..

- لا داعي للاعتذار سيادة العقيد، ما الأمر؟

- جاءتنا إخباريةٌ من شرطة النجدة بجريمة قتل.. سأرسل لك إحداثيات موقع الجريمة.. عليك أن تذهب هناك في الحال لجمع المعلومات اللازمة.

- حسنًا، سأكون هناك قريبًا.

ربما أنقذتني هذه المكالمة من معركتي مع الأرق على أية حال.. فنهضت لإعداد نفسي مصطحبًا قدحي الحراري وما قمت بتعبئته من قهوة، منطلقًا إلى موقع الجريمة..

كان شارعًا هادئًا في حيٍّ يعد من الأحياء الراقية، وأمام إحدى بناياته كانت سيارتان من سيارات الشرطة وسيارة إسعاف في حالة تأهُّب، وما إن وصلت إليهم حتى بادرني أحد الضباط بملامحه المتسائلة عن هويتي؛ فأخرجتها من جيب سترتي قبل أن يقول:

- معذرةً سيادة النقيب

- ماذا لدينا؟

- جثة رجل في العقد السادس من عمره، يبدو أنه قد تعرض للقتل بشكلٍ غير طبيعي.

- القتل هو أمر غير طبيعي أيها الضابط!

- نعم.. ولكن.. سترى سيادتك بعد قليل.

جالت عيناي في شرفات الحي التي امتلأت بأهلها يراقبون الوضع، فقلت للضابط:

- يبدو أنَّ لدينا جمهور.. هل من شهودٍ على الواقعة؟
- لا يوجد شهود، بيد أنَّ الجار الذي يقطن أسفل الضحية ــ وهو من قام بالاتصال بنا ــ سمع أصواتًا فيما تبدو كمعركةٍ طاحنة؛ فاستيقظ من نومه في هلعٍ هو وأسرته، وما إن هدأت الأمور صعد لجاره في محاولةٍ لتبين الوضع والاطمئنان عليه ـ فالضحية يقطن وحيدًا في شقتهـ طرق الباب عدة مرات فلم يلقَ استجابة، فقام بالإبلاغ عما حدث.. وصلنا إلى شقة الضحية، وكان تصميم البناية ـعلى ما يبدوـ أن يحوي كل دور فيها شقة واحدة على مساحة مائتي مترٍ مربع.. كانت الشقة في حالةٍ يُرثى لها، معظم الأثاث قد تحطم.. وقد انتشر فريقٌ من المعمل الجنائي لمعاينة مسرح الجريمة قبل نقل الجثة.. يا لها من فوضى!.

استطرد الضابط حديثه ونحن نقترب من جثة الضحية:
- طبقًا لأقوال الجيران فإنَّ الضحية يدعى (حسين نظمي)، كان يعمل بوزارة الآثار قبل بلوغه سن التقاعد.. ولكن الجيران قالوا إنه رغم التقاعد كان مستمرًا في التواصل مع عمله لأنهم لم يروه ينقطع عن موعد نزوله من بيته كلَّ صباح في موعد العمل.. ربما لأن زوجته متوفاة منذ عقدٍ من الزمن.

كان الأمر مريعًا.. أدركت الآن ما قصده الضابط بأنها جريمة قتل غير طبيعية، كان يبدو أن جسده قد تحطم، وبالأخص وجهه، كمن تعرض للدهس من شاحنة.. غير

أن الشاحنة لن تمر عبر بيته!.. ولم تقتصر دهشتي على هذا الأمر، بل لأن الأثر على جسده يبدو كأثر أيدٍ ضخمة؛ ليست ضخمةً للغاية.. ولكن الفكرة مثيرةٌ للرعب.

حاولت إخفاء شعور القلق حول هذا الأمر بداخلي وأنا أقول للضابط:

ـ على ما يبدو أنَّ نظرتك في محلها أيها الضابط، لقد أحسنت صنعًا بإبلاغك عن الأمر.

فابتسم ابتسامةً بدت لي طفولية وهو يشعر بالرضا عن نفسه، وهو يقول:

ـ لقد قمت بواجبي فقط.

لمحت عيناي إحدى الصور الفوتوغرافية معلقةً على الحائط، ويبدو أنها تعود لسنوات للضحية وزوجته وبينهما فتىً في طور المراهقة.. فأشرت إليها وأنا أقول:

ـ يبدو أنَّ للضحية ابن.. أين هو؟

فقال الضابط:

ـ نعم.. (أحمد حسين) .. الجيران يقولون أنه قد سافر بعد وفاة الأم إلى الولايات المتحدة منذ سنواتٍ للدراسة.. لازلنا نبحث عن طريقةٍ للتواصل معه لإخباره بالأمر، على مايبدو أنَّ هاتف الضحية مفقود، لم نتأكد أنه يملك هاتفًا ولكن الجار قد أعطانا هذا الرقم وقال إنه رقم الهاتف الشخصي للضحية، حاولت الاتصال به لكنه مغلق.

فتناولت الورقة التي تحتوي رقم الضحية وقلت:
- حسنًا.. بعد انتهاء هذه الفوضى إذا لم نتمكن من إيجاد الهاتف هنا سنفترض وجوده مع الجاني.. وفي جميع الأحوال سنتولى أمر تحديد موقع الهاتف... أتمنى ألا يكون الأمر صعبًا. قلت جملتي الأخيرة همسًا وأنا أنظر إلى جثة الضحية.. ثم نظرت إلى الضابط مستطردًا:
-شكرًا جزيلًا.. سأنتظر تقريرك عن الأمر.
ابتعد الضابط بينما اقترب مني (راشد) -أحد رجال الأدلة الجنائية- وهو يقول:
- الأمر فوضوي قليلًا.. لقد أنهينا العمل المبدئي على الجثة ومعظم ما حولها.. يستطيعون الآن نقل الجثة إلى المشرحة، لقد قمنا بالاتصال بالطبيبة الشرعية والمفترض أنها قد وصلت إلى المعمل؛ وأتمنى ألا تفقد الوعي.. سنبقى هنا حتى ننتهي من مسرح الجريمة بالكامل والعمل على رفع البصمات وجمع كل ما يبدو أنه دليل.
فأومأت برأسي متفهمًا وأنا أقول:
- حسنًا.. سأعطي الإذن بنقل الجثة، وسألحق بهم إلى المشرحة.
قلتها وأنا أهم منصرفًا فاستوقفني قائلًا وهو يرفع يده بحافظةٍ بلاستيكية بها مفتاحٌ صغير:
-هذا المفتاح وجدناه أسفل طرف السجادة بالقرب من الضحية.. وعلى ما يبدو أنه لم يصل هناك عن طريق المصادفة، لقد قمت بتصويره وتسجيله.. يبدو أنه

ينتمي إلى خزينةٍ ما ولكننا لم نجد ما يطابقه هنا.. لو حل الجريمة يبدأ من هذا الشيء فأنت مدين لي بوجبة غداء فاخرة، لن تتملص مني كما في المرة السابقة!.

فابتسمت متفهمًا وأنا ألتقط الحافظة وأتفحص المفتاح قبل أن أقول:

ـ حسنًا.. حسنًا.. هذه المرة لو قمت بمساعدتني حقًا سأدين لك.. فأنا أتولى هذه القضية وحدي هذه المرة.

ثم استدرتُ لأغادر المكان، وفي رأسي تدور مئات الأسئلة.. ما الذي فعله العجوز ليستحق هذا الأمر؟ هل الجريمة كانت بدافع السرقة؟ إذن فضربة صغيرة كفيلة بردعه، وليس هذا التدمير؛ هل كان انتقامًا؟ ربما.. ولكن لماذا؟ هل كان استجوابًا قاسيًا؟ هل للعجوز سرٌّ يخفيه؟ ما سرُّ هذه الأيدي القوية؟ من أين لإنسانٍ القوة لتحطيم عظام شخص بأصابع يده؟! ليس هناك في رأسي سوى السعي إلى إجابةٍ مقنعة.. ربما خلف هذا المفتاح خيطٌ لدليل.

2

(سلمى نديم).. الطبيبة الشرعية الشابة، عملت معها في عدة قضايا سابقة فأصبحنا في منزلة الأصدقاء... رأيتها عبر باب غرفة المشرحة وهي تهمس بكلماتٍ لا أسمعها بينما تلتقط بعض الصور لجثة الضحية قبل أن تعمل عليها.. يبدو أنها تهدئ من توترها، لقد كان (راشد) محقًا.. نأمل ألا تفقد الوعي وقد تركوها وحدها مع جثةٍ محطمةٍ على نحو مفزع؛ فارتأيت أن أشاركها بعض لحظات العمل.

- يبدو أن علاقتك تتطور بصديقكِ الجديد!.. هل يوجد ما يمكن أن يقال عنه؟

فتنهدت قبل أن تقول:

- لا يزال الوقت مبكرًا للجزم بشيءٍ ما؛ ولكن مبدئيًا من الشكل الظاهري، فالتشخيص يدل على التصادم القوي بجسمٍ صلب.. كحالات السقوط من مرتفعٍ، أو كحالات الصدم والدهس بواسطة سيارة.

فقلت:

- ألا يمكن أن يكون الأمر أكثر دقةً؟

فقالت:

- إن لم يُظهر التشريح أسبابًا أخرى أو أدلة تحدد سبب الوفاة فغالبًا يكون في هيئته العامة كما ذكرت.. أنا فقط تدهشني آثار الأيدي، إنها حتى لا تظهر بصمةً يمكن

تقفيها؛ وكأنها أيدٍ حديدية.. رغم أنه يوجد سبب لاستبعاد هذا الأمر.

فقلت متسائلًا:

ـ ولمَ يكون مستبعدًا أن تكون حديدية؟

فقالت وهي تشير بمبضعٍ على حواف أثر الأيدي:

ـ تتباين آثار الضغط على الوجه، فاليد لو كانت حديديةً لكانت آثار الضغط متماثلة؛ ولكن الحقيقية تجعل نقاط الضغط تخضع لإرادة صاحبها... ثم الأثر الثاني هنا.. على الصدر.. هي لكمةٌ بقبضة حيث تظهر آثار براجم اليد.. و هذا يعني أن صاحب اليد يستطيع فرد أو ثني أصابعه، وهذا يدحض نظرية اليد الحديدية.

فأومأت برأسي قائلًا:

ـ هل نذهب إلى نظرية القوة الخارقة الآن؟.

فقالت بعد لحظاتٍ من تأمل الجثة الذي يشوبه الارتباك:

ـ لو كان يجوز لي قول هذا الأمر.. ربما صاحب اليد من أولئك المتمرسين في الرياضات العنيفة كالملاكمة منذ نعومة أظافره.. تحطيم أضلع رجلٍ مسن كالضحية لن يمثل له مشكلة؛ لكن سحق عظام الجمجمة ليس بهذه السهولة، لو كان هناك ملاكم بهذه القوة لكان من أبطال العالم أو في السجن بتهمة الإطاحة برأس الخصم بقبضته!.

فابتسمت قبل أن أتبين منها إحدى النقاط قائلًا:

ـ بالنسبة لعدم وجود بصمة، هل هذا يعني أنه كان يرتدي قفازات؟

فعدلت من نظارتها وقالت:
- ربما.. أتمنى أن أجد شيئًا بعد التشريح.
فابتسمت قائلًا:
- حسنًا.. سأدعكِ تكملين حالة التعرف هذي.
فأومأت برأسها وهي تطلق زفرةً قصيرة فقلت لها:
- هل أنت بخير؟ أرى أنك متوترة؟.
فابتسمت في ارتباك وهي تقول:
- رغم أنني حضرت عمليات تشريح وتلقيت تدريبًا جيدًا.. إلا أنني لم أتجاوز أبدًا هذه اللحظات المهيبة..
فقلت متسائلًا:
- وما الذي دفعك للاستمرار في هذا المجال؟.
فقالت وهي تنظر إلى الجثة:
- أحيانًا أعتقد أن الطب الشرعي هو الصوت الأخير للضحية، نحن الصوت الأخير لردع الجناة، وهذا ليس بالأمر الهين أيضًا.
فأومأت برأسي قائلًا:
- أتعلمين.. سأقوم بإحضار بعض القهوة وسأجلس في زاوية المكان، لقد أوشكت الشمس على الإشراق على أية حال، هل تريدين بعضًا منها؟.
فابتسمت وشكرتني قائلة:
- ربما بعد الانتهاء من هذا الأمر.
أعتقد أنني استطعت أن أقلل من توترها قليلًا، فتجولت في المكان بحثًا عن القهوة قبل أن يساعدني أحد العمال في إحضارها، وأنا أفكر في ماهية المفتاح، ثم جلست

إلى أحد الحواسيب المتوفرة في محاولةٍ للعثور على مطابقةٍ لشكل المفتاح مع نماذج المفاتيح المعروضة على الشبكة العنكبوتية، ولكنني لم أصل إلى شيء.
رنَّ هاتفي فإذا به العقيد (سعيد) يسألني عن مستجدات الأمور؛ فأخبرته بما رأيت فقال:
- يبدو أنَّ الأمر غامضًا بعض الشيء، فقد قمت بالاتصال بفريق المعمل الجنائي بمسرح الجريمة، وقاموا بتأكيد وجود مبلغ مالي وبعض المصوغات الذهبية التي تعود إلى الزوجةِ.. وهذا يستبعد فرضية القتل بغرض السرقة، كما أنه لا توجد آثار اقتحام البيت عنوة، وهذا يدل على احتمال أن الضحية كان على معرفةٍ بالجاني.. ثم إنَّ تلك الطريقة في القتل تبدو من مناهج التعذيب.
- هذا ما أحاول معرفته بوجودي بالقرب من عملية التشريح، ربما يتضح لي خيطٌ جديد من الأدلة.
- يبدو أن مكان عمل الضحية يحتاج إلى زيارةٍ سريعة، لقد أوشك يوم العمل على البدء فعليك بزيارتهم ورؤية ما يمكن جمعه من معلوماتٍ حول الضحية وعلاقته بزملاء العمل.. القضايا الغامضة مثل هذي القضية ستلقى رواجًا بين رواد مواقع التواصل الاجتماعي، وسنجد أنفسنا عالقين بين الإدارة والمواطنين .. لنأمل أن يتم حل القضية قريبًا.
- أنا أعمل على ذلك.

انتهت المكالمة بيننا وأنا ليس لدي أدنى فكرة عما ستؤول إليه القضية، كان ينبغي أن يستدعي المقدم (هيثم) للمساعدة في هذا الأمر؛ رغم أن إنهاء هذه القضية بنفسي سيكون نقطة تفوق في مسيرتي المهنية.. إلا أنني لسبب ما لا أجد الحماسة اللازمة، حتى أنني قد اكتفيت بتقرير الضابط الخاص بتحقيقه السريع مع الجيران، ولم أقم بالتحقيق معهم بنفسي.. ربما لأنني لا أعتقد أنني سأستخلص منهم من معلومات أكثر مما فعل.

رنَّ هاتفي مرة أخرى:

"أعتقد أنني قد وجدت شيئًا"

قالتها سلمى، فهرولت إلى غرفة التشريح قبل أن تبادرني بقولها:

ـ لا تبالغ في حماستك، ربما كان لا شيء لكن أردت أن أجعل مكوثك يستحق العناء.

ـ أي شيءٍ أفضل من لا شيء... في جميع الأحوال لن أعود لمنزلي.

فابتسمت وقالت:

ـ انظر هنا.

و كانت قد أخرجت قطعة من جسد الرجل لم أتبينها في البداية، وقد وضعتها على قطعةٍ من القطن الطبي وبجوارها شريحة زجاجية عليها بقعة حمراء.. فبدا على وجهي التساؤل قبل أن تستطرد:

- هذا جزءٌ من الرئة، وقد قمت بفحصه مع الجهاز التنفسي عمومًا.. وعلى أية حال يوجد ما يشبه ذرات الرمال.

- ذرات الرمال! هل مثل هذه الأشياء تستقر في الرئة؟

- إذا تعرَّض لكميةٍ ضخمة من الرمال والأتربة قد تسبب (صدمة إنتانية)، ومن ثمَّ تحدث كثيرًا من الالتهابات الحادة وألمًا بالصدر... في مثل هذا السن لابد أنه كان يعاني.

- لكن السؤال من أين أتت الرمال؟ لم تكن هناك عواصف رملية في الأيام المنصرمة، لابد أنه قد تعرض لها في مكانٍ ما.. في الواقع ربما يكون للأمر صلة بعمله في الآثار.

- تقصد مقبرةً أثرية!.. لم يرد إلى مسامعي أي خبرٍ عن اكتشافٍ حديث إن كان يعمل في هذا المجال.. ولكن إن كان الأمر كذلك فهو يتطابق مع إصابة الرئة، اعتقدت أنهم يقومون باتخاذ إجراءاتٍ للسلامة المهنية في هذا الأمر.

- هذا إن كان الأمر بشكلٍ رسمي، ربما كانت هناك عملية تنقيبٍ لم يتم الإفصاح عنها.. أعتقد أنه حان الوقت لزيارة مكان العمل.. إن ظهر شيء آخر سأقدر لك الاتصال بي.

قلتها وأنا أغادر المكان وفي نيتي التوجه للهيئة التابعة لوزارة الآثار، والتي كان يعمل بها الضحية.. ولا تزال في

رأسي تساؤلاتٌ حول السر وراء مقتل (حسين نظمي)، وسر الرمال في رئتيه الليلة المنصرمة، كنت أظن أنها إحدى تلك القضايا التي تنتهي سريعًا ولكن الأمر يبدو أنه أكثر تعقيدًا مما ظننت.. تُرى ما الذي فعله وأيامه في الحياة معدودة؟! ما الذي أقدم عليه لتكون نهايته على هذا القدر من البؤس والألم؟ بماذا ورطت نفسك أيها العجوز؟!.

3

" (يوسف الراوي) من مباحث العاصمة، أريد مقابلة السيد (عدنان زاهد) رئيس الهيئة من فضلك".

قلتها لسكرتيرة مكتب رئيس الهيئة قبل أن تقول:

- السيد (عدنان) في إجازةٍ مرضية منذ ثلاثة أيام.. تستطيع مقابلة السيد (أكرم) المساعد الشخصي له وهو في مكتبه حاليًا.

فأومأت بالإيجاب وتقدمتني في السير إلى مكتب أكرم، وقد كان شابًا في منتصف الثلاثينات من عمره، وقمت بتقديم نفسي له والسبب في زيارتي قبل أن تبدو عليه الدهشة وهو يقول:

- يا إلهي.. السيد (حسين)! .. يا له من شيء مؤسف، هل هي محاولة سرقة؟.

- ولماذا تفترض أنها محاولة سرقة وليست بغرض الانتقام؟

- أوه.. لا أعلم، يبدو لي السيد حسين أنه ليس من ذلك النوع الذي قد يرتكب شيئًا يستوجب الانتقام بقتله، الرجل كان لا يفعل شيئًا في حياته غير العمل، وخاصة بعد وفاة زوجته وسفر ولده الوحيد.. انقطاعه عن العمل كان بمثابة المسمار الأخير في نعشه، ولكن السيد (عدنان) قد ساعده.

- وكيف ساعده السيد عدنان؟

- إنهم أصدقاء منذ زمن، وطبقًا لما علمت أنهم كانوا زملاء على نفس الدرجة.. قاموا بكثيرٍ من الأبحاث والاكتشافات معًا، وتقدم السيد (عدنان) وظيفيًا عن السيد (حسين) لم يكن إلا بسبب انشغال الأخير بالعمل الميداني، كان يكره العمل المكتبي حتى مع تقدمه في السن، لم يكن يمكث كثيرًا بالهيئة، ويخرج دائمًا يبحث عن شيء يمكن اكتشافه.
- لازلت لم تذكر لي كيف ساعده السيد عدنان!.
- أوه نعم، معذرةً!.. بعد بلوغ السيد حسين سن التقاعد ـ وكما أخبرتك كيف سيكون تقاعده مميتًا بالنسبة له ـ تقدَّم السيد عدنان بطلب لمد خدمة السيد حسين لثلاث سنوات بنظام التعاقد، على ما يبدو أنَّ ذلك لم يفده كثيرًا الآن.
- هل كان هناك ما يعمل عليه السيد حسين مؤخرًا في العمل؟.. مشروعٌ ما أو اكتشاف؟
- ليس على حد علمي.. في الغالب لم تكن ترقى إلى شيءٍ حقيقي، علمت من السيد عدنان أن السيد حسين كان يبحث بنفسه، وكان لديه في السابق فريق تنقيب؛ إلا أنَّ هذا الأمر كان مكلفًا بالطبع فلم يعد هناك فريقٌ للعمل... لم يعجب السيد حسين الأمر وكان يصطحب معه خرائطه ويتجول بها محاولًا متابعة الاستكشاف بنفسه.

- وكيف يستطيع عمل ذلك بدون فريق؟! هل يستخدم أصابعه للحفر مثلًا؟!

- في الحقيقة لم أكن منخرطًا تمامًا فيما يخص السيد حسين، لكن هناك بعض الأجهزة كان يستطيع استخدامها في رحلاته الميدانية، وأعتقد أنَّ السيد عدنان كان يستطيع توفير المساعدة البشرية له إذا دعت الأمور لذلك.

- يبدو أنَّ السيد عدنان كان مؤمنًا بقدرات صديقه.

- أعتقد أنه لن يتجاوز خبر وفاته بسهولة.

- ما هي آخر مرةٍ رأيت بها السيد حسين؟

- يوم أمس.. وقت الظهيرة تقريبًا، كان في طريقه للخروج من المبنى في عجلةٍ من أمره، ويبدو عليه الشرود حتى أنني ناديته ولم يلتفت إليَّ.

- هل واجه أي مشكلةٍ مع أحد بالعمل؟

- لا لا.. لا أعتقد ذلك، لقد كان مسالمًا ولا يختلط كثيرًا بالناس.

- حسنا .. إن تبادر إلى ذهنك شيءٌ ما يخصه أرجو التواصل معي.

أنهيت حديثي معه وهممت بالخروج من المكتب قبل أن أتذكر المفتاح الذي بجيبي فأبرزته له وأنا أسأله:

- هل لديك فكرةٌ عن هذا المفتاح؟ ماذا قد يفتح؟.

فاقترب ببصره من حافظة المفتاح وهو يؤمئ برأسه نفيًا و يقول:

- لا.. لا أعلم، ربما يفتح صندوقًا ما.. هل له علاقة بالقضية؟

فابتسمت دون أن أجبه على سؤاله، وشكرته على اللقاء ثم خرجت من مكتبه، ولكنني توقفت عند الباب للحظات كنت أتفحص فيها هاتفي قبل أن يرد إلى مسامعي صوته وهو يتحدث لشخصٍ ما بالهاتف:

"نعم .. كما توقعت .. لديهم شيءٌ ما ربما نحتاجه.. لا يشكون بشيءٍ حتى الآن".

ثم أنهى المكالمة.

كانت نيتي التوجه إلى منزل (عدنان زاهد)؛ ولكن خطرت لي فكرة غير قانونية في الحقيقة.. ولكنها سوف تساعدني قليلًا في هذا التخبط، وسبب هذا هو شعورٌ خفي، أو ما يسمونه حدسًا.. فهاتفت صديقًا لي كان يعمل في القسم التقني قبل أن أمر به لأقترض منه قطعةً إلكترونية صغيرة قبل أن أذهب للقاء عدنان.

كان (شريف) قد ترك العمل بالقسم التقني للعمل لصالحه الشخصي في إنتاج وتطوير تقنياتٍ أمنية يقوم ببيعها للشركات الخاصة، وكان يقوم بالعمل على تصميم منتجاته هذه في منزله؛ هو يؤمن أنها البيئة المناسبة للعمل بتركيزٍ وحرية.. فمررت به لألتقط منه جهازًا للتنصت فسمح لي بجهازٍ محدود المدى ليس له هوية يمكن تتبعها.. وكان يستخدم مثل هذه الأجهزة للعمل على تطويرها... وقبل أن أغادر المكان عرضت عليه المفتاح لربما يعرف عنه شيئًا.. فقال لي:

ـ لا أعلم ما هذا، ولكن يمكنني البحث من أجلك.

ـ و لكن لا يمكنني ترك المفتاح لك فهو أحد الأدلة.

- لا حاجة إلى ذلك.. لدي جهاز مسح ضوئي خاص بالقطع سيقوم بتصويرها بشكل ثلاثي الأبعاد، يمكنك الاحتفاظ بمفتاحك.

فابتسمت قائلًا:

- نعم، نسيت أنك سيد التقنيات! أحيانًا تسعدني صداقتك.

فنظر لي في صمتٍ للحظات قبل أن يقول:

- لا أعلم، أشعر أنَّ هذه الصداقة ستتسبب بقتلي أو اعتقالي!.

- أتقول هذا وأنا نقيب بالمباحث؟!

- لو كان أمرًا قانونيًا لماذا لم تتبع الإجراءات القانونية، ولماذا جهاز التنصت؟

- أنت تعرف أنني لا أفكر بالشكل التقليدي في العموم، عليَّ أحيانًا أن أستخدم وسائل أكثر سرعة للحصول على المعلومات اللازمة.

- لقد قاموا باختيار الضابط الأكثر تكاسلًا والشعور بالملل من أداء وظيفته دون وجود رئيسه المباشر.. أعتقد أنَّ العقيد (سعيد) سيكون سعيدًا بإلقاء اللوم عليك إن فشلت... أو.. يريد أن تنتهي هذه القضية على أية حال.

لم أستطع أن أمنع نفسي من القلق بعد هذه الكلمات، هل لدي هذه السمعة فعلًا ؟ هل تم اختياري لهذا الهدف؟ .. ربما مزحة (شريف) تحمل في باطنها حقيقةً لم أدركها.

في إحدى الضواحي الراقية كان يقع منزل (عدنان زاهد)، على مساحةٍ لا بأس بها وسط حديقةٍ كبيرة محاطة بسياجٍ حديدي تتوسطه بوابة إلكترونية ضخمة.. علمت من بعض المصادر أنه ينحدر من عائلةٍ ليست ثرية فحسب؛ بل عريقة.. لا عجب أنه قد أحب العمل في مجال الآثار والحفريات، لمحت زوجته تجلس مع أحفادها في الحديقة وقد رمقتني بنظرةٍ متشككةٍ لم ألق بالًا لها وأنا أتقدم إلى الخادم الواقف عند الباب أطلب مقابَلة عدنان.

في حجرة مكتب عدنان بالمنزل شعرت للوهلة الأولى أنني قد انتقلت عبر الزمن لحجرة مكتب أحد أثرياء العهد الملكي.. كل شيءٍ عتيق مثل النماذج الأثرية ولفائف تشبه البرديات، وخرائط لمصر القديمة ونماذج مجسمة لمنطقة الأهرامات.. حتى صور العائلة التي علقت على الجدران تظهر مدى امتداد جذور هذه العائلة؛ وقد لفت نظري إطاراتٌ تحمل صورًا لعدنان وحسين في مراحل الشباب وهما يحملان قطعًا أثرية وقت اكتشافها، أو ملتقطةً لهما أمام مقبرةٍ قديمةٍ اكتشفاها.. تلفتُّ حولي في حذرٍ قبل أن أدس قطعتي الإلكترونية في مزهريةٍ موضوعة على طاولةٍ بجوار المكتب.

"تاريخٌ عريقٌ بهذه الغرفة".

قالها عدنان وهو يقف عند باب الحجرة قبل أن يستطرد:

ـ لقد أنفقنا عمرًا في اكتشاف أسرار القدماء على هذه الأرض المباركة؛ أو بالأحرى بداخلها.

ـ النقيب (يوسف الراوي) من مباحث العاصمة، أعتذر عن القدوم في هذا الوقت من الصباح. قلتها وأنا أصافحه قبل أن يقول:

ـ لقد تم إبلاغي بما حدث لحسين، شيءٌ مؤسف.. أرجو أن ننتهي من معرفة ما حدث سريعًا لإتمام إجراءات دفنه بصورةٍ لائقة.

ثم سعَل قليلًا قبل أن يُخرج جهازًا موسعًا للشُعب، قبل أن يقول بعد لحظات:

ـ حساسية الصدر، ضريبةٌ في الغالب ندفعها مقابل هذا العمل.

فأومأت متفهمًا وخادمه يدخل لنا قدحين من الشاي بجوار قطع من السكر وبعض الكعك ثم غادر.. فبادرته بالسؤال:

ـ هل هناك أي شيءٍ لاحظته في سلوك السيد حسين مؤخرًا؟ هل كان على خلافٍ مع شخصٍ ما؟.

فأومأ بالنفي قائلًا:

ـ ليس على حد علمي، لا أعتقد ذلك.. لم يكن من النوع المحب للنزاع.

فقلت بعد لحظةٍ من الصمت:

ـ سيد عدنان، أعتقد أن الجاني كان يبحث عن شيءٍ محدد.. لم تكن جريمةً بهدف سرقة المال، ولم تحدث بشكل عرضي؛ و لكن من ارتكبها كان يبحث عن شيءٍ لدى السيد حسين، وقد قام بتعذيبه حتى الموت.

لم يبدِ حتى دهشته وقد تناول قدح الشاي يرتشف منه رشفاتٍ قبل أن يسألني:

-وما الذي حملك على هذا الاعتقاد؟.

فابتسمت قائلًا:

- ردَّة فعلك الآن.. وأمور أخرى تبينتها خلال الساعات المنصرمة.

فقال بنفس الهدوء:

- وهل ردَّة فِعلي الهادئة جريمة؟!

- لا بالطبع، ولكنها مثيرة للشك عند قتل صديقك المقرب؛ علاوة على أنني على علم بأنك لم تشاركه البحث الميداني منذ توليت مهامك الإدارية، فمن أين قد أصاب المرض رئتيك؟ ربما بهما نفس ذرات الرمال المتواجدة في رئتي السيد حسين، أليس كذلك؟.

فعقد حاجبيه وهو يقول:

- أنت لا تدرك ما الذي تقوله سيد يوسف، ليس لي علاقة بموت حسين، لقد عرفت الرجل دهرًا فما الذي يجعلني أقدم على التخلص منه الآن؟!.

- لا أعلم، ربما وجدتما شيئًا ما وقد اختلفتما على كيفية التعامل معه، ألم يقم مساعدك الشخصي بالاتصال بك قبل مجيئي وإخبارك عن المفتاح؟

- مفتاح؟! أي مفتاح؟

فأخرجت الحافِظة البلاستيكية التي تحوي المفتاح وأنا أقول:

- هذا المفتاح، ماذا يفتح هذا المفتاح؟.

فبدا عليه مزيج من الدهشة والضيق وقد لاذ بالصمت لحظات قبل أن يقول:
ـ لا أعرف شيئًا عن هذا المفتاح، ومساعدي الشخصي لم يقم بالاتصال بي، لقد أخبرني مديرك بنفسه.
فرددت: العقيد سعيد؟!.
فقال بابتسامةٍ خفيفة:
ـ نعم.. يمكنك التأكد منه إن أردت، أنت لا تعرفني جيدًا سيد يوسف، جذوري تمتد في هذه الأرض إلى عمقٍ لا تستطيع إدراكه؛ ومن هذا العمق لدي من الصلات التِي لا تستطيع التعامل معها، فاحذر مما تنبس به شفتاك.
فابتسمت وأنا أهم بمغادرة المكان فاستوقفني بكلماته قائلًا:
ـ ربما يجدر بك ترك الأمر عند هذا الحد؛ فالأمر ليس بذلك التعقيد الخيالي في رأسك.
فالتفتُّ إليه قائلًا:
ـ ربما يجدر بك معالجة رئتيك جيدًا لأنَّ هذا الخلل يسبب إنتانًا قد يدمرها.
ثم تركته خلفي، وعندما جلست بسيارتي وضعتُ سماعة الجهاز الذي دسته له في أذني فاستقبلت صوته وهو يتحدث هاتفيًا لشخصٍ ما ويقول:
ـ لم يكن يجدر بكم السماح للغريب التعامل مع الأمر، لم يكن ذلك الوضع يستحق ... لو كان الأمر يتعلق بأصدقائنا لانتهى هذا الوضع المخجل، لكن هناك من يثير الوضع شكوكه و لن يهدأ.. تبًّا، حسين كان صديقِي

وكنت أتعامل معه، أنا أتحدث بشكلٍ عملي؛ يبدو أن الغرض لم يكن هناك.. وأعتقد أنكم على علمٍ الآن، بما أنكم تتواصلون مع مساعدي الشخصي دون علمي.. لا.. لا يوجد عذر لذلك.. علينا أن ندبّر اجتماعًا طارئًا في أقرب وقت"..

قالها قبل أن ينهي مكالمته وأنا في طريقي، وعندما عبرت السياج المحيط بالحديقة اختفت الإشارة اللاسلكية للجهاز، كنت على علمٍ مسبق بهذا الأمر.. ولكني قد تعمدت إثارة غضبه بشكوكي لأدفعه للقيام بهذه المكالمة.. كنت أحتاج للتيقن منذ أن سمعت مكالمة مساعده الغامضة -وبعد رؤيتي لحالته الصحية- أنَّ له علاقة بمقتل حسين.. وبعد مكالمته هذه قد تيقنت أن هناك خلفه مَن يشارك في هذا الأمر.

4

رنَّ هاتفي فجأة وأنا أقود سيارتي مبتعدًا عن ملكية عدنان زاهد، لأجد شارة (رقم محجوب) على شاشة هاتفي، لأجده (شريف) فقلت له:

- هل تتصل بي أنا بهذه الطريقة؟! كيف ذلك؟!.
- لدي محاولاتي البائسة لحماية نفسي من مما تورطني فيه!.

فضحكت قبل أن أسأله: هل وجدت شيئًا؟

- نعم بالطبع... المفتاح يخص نوعًا من الخزائن الجدارية يتم إخفائه بأحد جدران المنزل، مثلًا خلف إطارٍ معلَّق.. والسبب في كونه غير معروفٍ أنَّ هذه الخزائن كانت إصدارًا محدودًا من سنواتٍ طويلة.. الخبر الجيد أنك عندما تجدها لن تحتاج لكلمات سرّ أو وسيلةٍ إلكترونية لفتحها، المفتاح فقط، ربما لأنَّ طريقة إخفائها تجعلها آمنة.
- لو تم إخفاؤها خلف إطارٍ لصورة معلق على جدار، كيف لهذا أن يجعلها آمنةً؟
- ربما ليست خلف إطارٍ.. هي صغيرة الحجم، ربما خلف أحد المعلقات الجبسية أو بداخل تمثال مثلًا.

فصمتُّ لحظة قبل أن أقول:

- حسنًا، شكرًا لك.. سأتولى هذا الأمر.

و أنهيت المكالمة وقد فكرت في الاتصال بـ (راشد)، فقمت بذلك:

- هل هناك جديد؟

- لا.. قام فريق الأدلة بالعودة وليس هناك جديدٌ حتى الآن.

- هل يمكنك الوصول إلى الصور المُلتقطة لمسرح الجريمة؟

- نعم.. أعتقد ذلك، ابقَ معي للحظات.

في هذه اللحظات انتابني الشكُّ تجاه سيارةٍ تسير خلفي على مقربة من أنها تتبعني؛ ولكنني لم أستطع تبين قائدها جيدًا.. قبل أن يجيئني صوتُ (راشد) على الهاتف وهو يقول:

- حسنًا.. ما الذي نبحث عنه؟

- هل ترى أي تماثيلَ بالصور؟

فصمتَ للحظاتٍ وهو يبحث قبل أن يقول:

- نعم، يوجد بعض التماثيل الصغيرة معظمها محطمٌ وتمثالان متوسطا الحجم على جانبي مكتب الضحية، ولكن عند زاويتي الحجرة.

- في حالة جيدة؟

- نعم قد نجيا من التحطيم على ما يبدو.

- حسنًا.. أراكَ لاحقًا.

عدت أنظر إلى المرآة لأتبين السيارة التي اعتقدت أنها تتبعني فلم أجدها!.. فتابعت طريقي حتى وصلت إلى مسكن (حسين)، وقد كان أحد رجال الأمن يقوم بحراسته باعتباره لا يزال مسرحًا للجريمة لم يتم إغلاقه.. فتوجهت مباشرةً حيث التمثالين، وكانا

نموذجين مزيفين لتمثالين لملكين من ملوك مصر القديمة؛ فتفحَّصت أحدهما فلم أصل لشيء، فقمت بتفحص الآخر فوجدت نقوشًا بارزة قليلًا عند المنتصف، فاكتشفت شقًّا على شكل مستطيل صغير بدا كغطاءٍ مزيف، عندما قمت باقتلاعه ظهرت خزانةٌ صغيرة بالداخل، ارتسمت على شفتي ابتسامة ظفر.. الآن نفتح الصندوق الأسود!.

إعتقدت أنني سأجد وثيقةً ما.. ولكن عوضًا عن ذلك وجدت مجسمًا أقل من حجم كف اليد بقليل، على هيئة هرمٍ بأبعاده الثلاثة مصنوع من مادةٍ بلورية غريبة تعطي انعكاسًا بلوني الأسود والأخضر الداكن، ولكنني لم أدرك ما هذا الشيء ولا السر وراءه، وقبل أن أفكر ماذا أفعل رنَّ هاتفي.. إنه رقم العقيد (سعيد) الذي بادرني بقوله:

- ماذا فعلت عند السيد عدنان؟

- لم أفعل شيئًا.. كنت أقوم بسؤاله عدَّة أسئلةٍ فقط.

- أنت قمت بمضايقته بالتلميح بأصابع الاتهام ضده.

- وماذا في ذلك؟!.. لحين الانتهاء من التحقيق فالجميع مشتبه به.

فعلت نبرة صوته بشيءٍ من الغضب وهو يقول:

- ليس الجميع، عليك بالحذر عندما تتحدث مع شخصياتٍ لها كثير من الصلات التي قد تؤثر على مستقبلك.

فقلت في دهشة:

- ماذا؟! هل أنا عرضةٌ للتهديد من بعض الشخصيات؟!

- لا أحد يقوم بتهديدك، ولكن لا تتجاوز حدودك فقط بدون دليل.

- سأخبر سيادتك بشيءٍ مهم ربما لا تعرفه، ما أقوله هو أن عدنان زاهد لديه صلةٌ بعملية القتل ولم يبدُ مندهشًا عندما تحدثت معه.

- يوسف! أنت رجل قانون، وسأقولها مرةً أخرى، طالما ليس لديك دليلٌ دامغ ضد أي شخصٍ فلا يوجد لدينا قضية.. إذا لم تسفر التحقيقات والأدلة عن شيءٍ سيتم غلق هذه القضية وتقيَّد ضد مجهول بغرض السرقة.. و لن نتطرق لشيءٍ آخر.

- وإن استطعت الحصول على دليلٍ ما؟

- لدينا فريقٌ يعمل على كل الأدلة التي تم جمعها من مسرح الجريمة بالفعل.. أنت تدير التحقيقات فقط، وسأمهلك يومين لذلك.

تفحَّصت الهرم البلوري في يدي قليلًا، وكنت أفكر في عدم إخباره عنه، وهذا ما حدث.. فقلت له:

- حسنًا، سألتزم حدودي في التعامل.

فقال:

- عُد إلى مسكنك.. تحتاج لأن تنال قسطًا من الراحة.

ثم أنهينا الحديث، ولكن عقلي لم ينتهِ من التفكير؛ فمررتُ بـ (سلمى) وكانت تتناول القهوة، وهي تدون ملاحظاتها فقلت لها:

ـ ألن تنالي قسطًا من الراحة؟

فقالت مبتسمة:

ـ اعتدت الأمر، سأنال قسطًا وفيرًا عندما أنتهي من هذا التقرير، يبدو أنَّ صديقنا لا يحمل شيئًا في جوفه أكثر مما استخرجناه منه، إنه سيءٌ في التغذية، توجد آثارٌ لمواد حافظة للطعام، يبدو أنه كان يعيش على الطعام المُعَلَّب..

جاءني اتصالٌ من راشد يقول:

ـ لقد أوشكنا على الانتهاء من تقرير المعمل الجنائي، ولكن اعتقدتك تريد أن تعرف أنه يوجد كثيرٌ من التصاريح لزيارة منطقة الأهرامات في الأدلة، أعتقد أنه تواجد في تلك المنطقة لفتراتٍ طويلة مؤخرًا.

فقلت معلقًا:

ـ الأهرامات!.. شكرًا جزيلًا لهذه المعلومة، أتطلع إلى التقرير النهائي.

ثم أنهيت المكالمة قبل أن أخرج من جيبي الهرم البلوري، فبدت على سلمى ملامح الانبهار وهي تقول:

ـ ما هذا؟ يا للروعة!.

فقلت لها:

ـ هذا ما كان يخفيه في خزانته التي يعود إليها المفتاح الذي وجدناه.

فنظرت إليَّ في دهشةٍ قبل أن تأخذه لتضعه تحت منظار المختبر للحظات قبل أن تقول:

ـ يا للعجب!.. انظر إلى هذا!.

فنظرت عبر المنظار فكان المشهد وكأنَّ الهرم ممتليء بمادةٍ مشعةٍ تتحرك بشكلٍ هلامي!.. فقلت:
- أنا لا أعرف ما هذا الشيء!.
- ولا أنا.. هل تعتقد أنه مرتبط بمقتله؟
- المؤكد أنه مرتبط بزياراته لمنطقة الأهرامات، وغير مستبعدٍ أنه السبب في نهايته.
- و ماذا ستفعل الآن؟
- لا أعلم، عليَّ أن أقوم بزيارة هذه المنطقة، علينا ألا ندرج هذا الشيء كدليلٍ في الوقت الراهن؛ لأنني مُطالبٌ بتقديم دليلٍ دامغ.
فأومأت برأسها متفهمةً.. فقلت بعد لحظاتٍ:
- أشعر بالحاجة إلى الاسترخاء قليلاً، ولكنني بحاجةٍ لقراءة التقرير النهائي.
فقالت:
- سأنتهي من تقريري عن الجثة وبعض التقارير الأخرى.. توجد غرفة استراحةٍ تخص أحد الأطباء، وهو في إجازةٍ هذه الأيام يمكنك الاسترخاء فيها حتى ننتهي.. سأرشدك إليها.
فابتسمت وأنا أقول:
- شكرًا جزيلًا.. لقد قمتِ لتوَّكِ بمنع حادث سيرٍ في المستقبل!.

5

يا له من طقسٍ بارد!.. كيف أتيت إلى هنا؟.. ممددٌ أنا على رمال الصحراء المختلطة بالثلج والسماء تومض بأضواء خفيفة.. نهضت وبالكاد أشعر بقدمي تحملني لأجد الأهرامات الثلاثة جاثمةً في مشهدٍ مهيب بين أضواء الشفق القطبي.. هذا الشفق في لونه ووميضه يشبه تلك المادة المشعة في الهرم البلوري، وأمام الأهرامات تمثالان متماثلان لأبي الهول؛ ثم تهتز الأرض بشدةٍ قبل أن تضيء عيون التمثالين بضوءٍ أخضر، ويخرج من بينهما تمثالٌ ذهبي ضخم لـ(أنوبيس)، إله الموت.. يرفع ذراعيه ويطلق صرخة. انتفضت لأجد نفسي في فراش حجرة الاستراحة بالمستشفى وقد حلَّ المساء، فخرجت منها لأجد سلمى جالسةً إلى مكتبها، وما إن رأتني حتى قالت:

ـ ها أنت.. لقد كنت على ما يبدو تحتاج كثيرًا إلى النوم، لم أرد إيقاظك.

فحككتُ رأسي قبل أن أقول:

ـ معذرة لهذا الأمر، لا أدري كيف حدث!.

ـ لا عليك.. التقرير النهائي قد انتهى وهو جاهزٌ ليتم تسليمه، أعددت لك نسخةً ونستطيع إرسال التقرير إلى الإدارة.

ـ سيكون هذا جيدًا.. هل انتهيتِ من عملك؟

ـ نعم وأنا على وشك المغادرة.

- حسنًا.. دعيني أقوم بتوصيلك إلى منزلك.

- سيكون هذا لطيفًا.

سألتني في الطريق:

- ماذا ستفعل إن وجدت شيئًا في منطقة الأهرامات؟.

فتنهدتُ قائلًا:

- لا أعلم تحديدًا.. حتى أنني لا أعلم كيف أنَّ هناك شيئًا قد يتم دون علم أحد، المكان مزارٌ سياحي، ولكن لو القوة الخفية التي أعتقد أننا نواجهها موجودةٌ فبإمكانهم تدبير أيَّ شيء.

فقالت في قلق:

- هذا الأمر مقلقٌ فعلًا.. أحيانًا أجد نفسي بين رغبتي الفضولية في معرفة حقائق الأمور وبين خوفي الذي يدفعني للتراجع إلى منطقة الجهل الآمنة، لا أدري أيهما أفضل.

فقلت:

- هذا الأمر يعود إلى الشعور بالمسئولية، أنا معروفٌ بين أقراني بالتكاسل عن البحث لمعرفة الحقائق، كنت ألقي بالمسئولية على عاتق الآخرين؛ أريد أن تنتهي القضايا سريعًا ويتم إغلاقها... لا أحد يعرف حقيقتي جيدًا فكان حكمهم غير صحيح.. تم إسناد هذه القضية لي بناءً على هذا الحكم، وما أثار شعورهم بالتهديد أنني بدأت في طرح الأسئلة التي تمس الحقيقة.. ويبدو أننا مراقبان الآن!.

قلتها وقد لاحظت نفس السيارة التي كانت تتبعني طوال اليوم وهي تسير خلفي؛ فنظرت سلمى خلفها وهي تقول:

- هل يتبعنا أحدهم؟!

- لا تقلقي، سأقوم بإنهاء هذا الأمر قبل إيصالك إلى بيتك.

ثم انحرفت عن الطريق لعدة طرق جانبية قاصدًا تضليله، وقد زدت من سرعتي فزاد من سرعته أيضًا؛ وظلَّ يتبعني حتى وصلنا إلى شارع خلفي شبه مظلم ذي نهايةٍ مغلقةٍ.. فأوقفت السيارة وكنت أهم بالتراجع لأخرج من هذا الشارع، ولكن السيارة التي تتبعني قد سدَّت عليَّ المخرج، فلم يكن هناك بدٌّ من المواجهة.

-ابقي بالسيارة هادئة، واخفضي من رأسكِ، ومهما حدث لا تخرجي أبدًا من السيارة.

وأخرجت سلاحي من غمده، وقمت بشد أجزائه قبل أن أخرج من سيارتي في مواجهة السيارة الأخرى التي توقفت بدورها على مسافةٍ.. قبل أن يهبط منها شخصٌ ضخم ملامحه غير واضحة في الظلام.. أيقنت في هذه اللحظة أنه الشخص الذي أجهز على (حسين نظمي).. انتابني بعض القلق قبل أن أشهر سلاحي وأنا أصيح به:

- لا تتقدم خطوةً واحدة، أنت تعلم يقينًا أنك تقوم بالتعدي على ضابط مباحث، وسيحق لي إرداوك قتيلًا في جميع الأحوال إلَّا أن تقوم بتسليم نفسك الآن.

لم أتلقَ أيَّ ردٍّ من الشخص الضخم للحظات قبل أن يقول بصوتٍ أجش عميق كصوتٍ آلي ضخم:

- أعطني الهرم.

فقلت صائحًا:

- هذا لن يحدث!.

صدرت منه زمجرة غضبٍ قبل أن يتقدم مهرولًا تجاهي وأنا أصيح به:

- توقف مكانك!.

دون جدوى، قمت بإطلاق النار عليه ولكنه لم يتوقف!.. و كأنَّ الرصاصة لم تمسه أساسًا!.. فأطلقت النار عليه عدة مراتٍ دون جدوى سوى أنه صاح بشكلٍ مخيف جعلني أشعر أنه سيمزقني إربًا.. وكان يقلقني أنه استطاع الوصول إلى سلمى، وقد نفدت الرصاصات من سلاحي وقد اقترب مني.. ولا مجال لإعادة تلقيم السلاح.

و ما إن اقترب مني حتى توقف فجأة وانتفض وكأنه لامس موجةً كهربية ضخمةً قبل أن يسقط مكانه بلا حراك!.. وقبل أن أتبين ما حدث له جاءني صوتٌ عبر الظلام:

"لا يمكن قتله مثل البشر؛ لديه شريحةٌ في رأسه يتم التحكم بها، وهو الآن معطلٌ بشكلٍ مؤقت حتى يتم تشغيل الشريحة مرةً أخرى".

كان صوت (عدنان) ممسكًا بيده جهاز تحكم صغير فقلت له:

- يا إلهي!.. ما هذا الشيء؟!

فابتسم قائلًا:

- هذا الشيء؟!.. هو أمرٌ يفوق إدراكك.. على الأقل في الوقت الراهن.

فقلت:

ـ كنت أشعر بأنَّ لك يدٌ في الجريمة.

فقال:

ـ اعتقادك أنني قد دبرت مقتل (حسين) هو اعتقادٌ خاطيء، لقد كان صديقي لأعوامٍ عديدة.. لقد حدث مقتله دون علمي.

فقلت له:

ـ ولماذا تحملت عناء إخباري بهذا الكلام بدلًا من أن تتركه يجهز عليَّ؟ في النهاية لم يكن هناك ما يدينك أنت وأصدقاءك.

فقال:

ـ عائلتي من مؤسسي هذه الجماعة في مصر منذ القِدم، نحن نتوارث عضوية التأسيس.. (حسين) كان من أعضائها بالتزكية، وهذه الجماعة في كل دولةٍ تتحكم في كل مواردها واتجاهاتها، كمؤسسةٍ ضخمة بها أقسام.

ـ وكنت أنت رئيس قسم الآثار هنا؟!.

فابتسم قائلًا:

ـ هناك أشياء يجب أن تظل خفيةً ولا تظهر للعامة إلا بالشكل الذي نريده.

ـ وهذا ما خالفكم فيه حسين مؤخرًا.

ـ لقد قمت بإسداء النصح له عندما اكتشفنا آخر شيء، ولكنه لم يستمع.. كنت أحتاج لبعض الوقت

معه، ولكن زعماء الجماعة ليس لديهم هذا الصبر، وسيسعون خلفك بكل قوتهم.

- هل العقيد سعيد..؟!

- لا.. هو فقط يعلم أنَّ هناك جهةً لا يجب العبث معها، ولكنه ليس من أعضائها، فيفضل التصرف بحكمة.. هذا الحديث بيننا لم يحدث أبدًا، وقضية حسين سيتم غلقها كما تعلم، ولم يتبقَ سوى أن تجد طريقةً كي تنقذ نفسك، لأنك لن تظل على قيد الحياة طويلًا!

ثم أولاني ظهره ليغادر فاستوقفته قائلًا:

- لماذا تفعل كل هذا؟! لما خضت معي هذا الحديث؟!

فالتفت إليَّ مبتسمًا وهو يقول:

- يومًا ما قد تدرك السبب!.

ثم ذهب مبتعدًا وهو يقول:

- الفضول سيدفعك للذهاب لمنطقة الأهرامات.. يوجد جزءٌ مغلق لأعمال الصيانة مع بعض الحراسة الخفيفة.. الجهل يجعل الناس أقل خطورة.

ثم اختفى.. عدت إلى السيارة وقد كانت ملامح الدهشة والخوف على وجه سلمى وهي تقول هامسةً:

- يا إلهي! ما كل هذا؟!..

فقلت:

- لا شيء سوى أنَّ الأمر أصبح أكبر مما كنا نتخيل.. سأقوم بتوصيلك إلى المنزل وسأذهب لاستكشاف الأمر.

فقالت وهي تتمالك نفسها:

- لا.. سأذهب معك.

قلت لها مستنكرًا:
- الأمر يبدو خطيرًا، وهم قد عرفوا عني على أية حال.. عليَّ الآن أن أجد شيئًا ما يمكن استخدامه ضدهم.. لا يعرفون عنكِ شيئًا.
-     لا نستطيع الجزم بهذا الأمر الآن .. وعلى أية حال تحتاج إلى شاهدٍ واحد على الأقل، على أن هذا الأمر ليس ضربًا من الجنون.

فأومأت برأسي متفهمًا قبل أن نغادر المكان مبتعدين وهدفنا الوصول إلى منطقة الأهرامات.. وكان الظلام قد حلَّ بالمنطقة، وعندما وصلنا قمت بالاقتراب من طريقٍ للدخول إلى المنطقة غير المدخل الرسمي، ثم أوقفت السيارة وأكملنا الطريق سيرًا على الأقدام على ضوء القمر وأنا أقول لها:
ـ كنت في الماضي أتعجب من أنَّ للقمر تأثيرًا شاعريًا على الناس، ومرعبًا على البعض منهم!.. أعتقد أننا في ظروفٍ أخرى لكانت هذه الأجواء مثاليةً للشاعرية!.
فضحكت سلمى ضحكةً خفيفة قبل أن تقول:
ـ محاولة سيئةٌ لتشتيت ذهني عن القلق الذي أشعر به، ولكن أشكرك عليها.. الأمر ليس أكثر رعبًا من التعامل مع الجثث بشكلٍ مستمر.
-     أعتقد أنَّ الجثث أكثر وداعةً من المخلوق الذي كاد يفتك بي.. لا أعلم كيف قاموا بهذا الأمر، اعتقدت أنَّ رواية (فرانكنشتاين) خياليةٌ.. تبًا!.

- ماذا لو أن المومياوات عادت إلى الحياة مثل مسخ فرانكنشتاين؟
- ماذا؟!.. هل تعتقدين أنَّ ذلك المخلوق كان مومياء؟
- لِمَ لا.. أنا أصدق كل شيءٍ الليلة.

لم أجد ردًّا على كلامها، لديها كل الحق في شكوكها.. ثم لاح وميضٌ خفيف لمصابيح محاطة بأغطيةٍ منصوبة على دعاماتٍ خشبية ملاصقة لتمثال أبي الهول، فقلت هامسًا:

- ها نحن، لننسلَّ بالقرب من الصخرة الضخمة الموازية لتمثال أبي الهول لنرى ما الذي هناك.

وما إن اقتربنا من الصخرة حتى رأينا ثلاثة رجالٍ يحرسون المكان فقلت لها:

- لابد أن أدخل إلى هذا المكان.
- و كيف ستتجاوز الحراسة؟
- لا أعلم.. سأفكر في شيءٍ ما.
- انتظر.. هناك سياراتٌ تقترب.

اقتربت ثلاث سياراتٍ من المكان فانتبه الحراس كأنهم يعرفون أصحابها، وهبط منها مجموعة من الأشخاص يبدون من هيئتهم كأصحاب الثروات أو السلطة، أشار أحدهم للحراس ليحضروا بعض الصناديق من السيارات.. فقلت لها:

- هذه هي فرصتي، سأنسل من ورائهم عندما يقومون بالدخول.

و قد كان.. فما أن دخل الجميع خلف الأغطية الساترة حتى انسللت وراءهم؛ لأجد بابًا صغيرًا في جسد أبي الهول،

وعندما دخلت عبره وجدت سلمًا يؤدي إلى أسفل وقد أدى بي إلى دهليز طوله عدة أمتار مدعوم بعدة أعمدة، شبه مظلمٍ إلا من ضوءٍ انبعث من آخره.. شعرت بعودة الحراس فألصقت جسدي بجوار أحد الأعمدة، وقد ساعدني ظلام المكان حتى مرورهم إلى الخارج... بعدها اتبعت الضوء آخر الدهليز وأنا أخطو في حذرٍ وعلى الجدران تظهر بعض النقوش تارةً وتختفي تارةً أخرى.. وما إن وصلت إلى نهاية الدهليز حتى رأيت قاعةً مستديرة وقف بها مجموعة من الناس يرتدون زيًا كهنوتيًا موحدًا، مغطاة رؤوسهم بقلانس، وجوههم تنظر إلى الجهة المقابلة لنقوشٍ ضخمة على جدارٍ يبدو كبوابة، وأكبرها نقش (أنوبيس)، وبين ساقية نقشٌ لعين (حورس) يتوسطه فراغٌ على هيئة هرم.. فتذكرت الهرم البلوري.
فقال أحدهم:
- لابد أن نحصل على المفتاح.. طقوسنا التي بدأت منذ مئات السنين لابد أن تستمر.
قال آخر:
- لا نستطيع أن نتخلص منه بالطريقة التي انتويناها، لقد قدم عدنان أسبابًا مقنعة للعدول عن هذا الخيار.
قال ثالث:
- لماذا لا نضمه إلينا؟ يمكننا عمل استثناء له.
قال الأول:
- ليس مستعدًا بعد لقبول الفكرة، أليس كذلك يا سيد يوسف؟!.

ففاجأني الأمر!! وكذلك اندفاع أحد الحراس من خلفي يدفعني بيديه لأجدني في قلب القاعة.. ثم جردني من سلاحي قبل أن يقول الأول وكان يبدو زعيمهم:

ـ شكرًا لك على توصيل الغرض لي.

ثم مد يده إليَّ ولم يكن لدي خيارٌ غير أن أعطيه الهرم البلوري، فابتسم في هدوءٍ ثم قال:

ـ لم يكن (حسين) متعاونًا.. ما خلف هذه البوابة لا أحد مستعدٌ له.. نحن نتوارث المعرفة التي قد تنفجر من ثقلها العقول البسيطة.!

فقلت:

ـ وما خلف هذه البوابة؟!.

فقال في هدوءٍ:

ـ الكثير من أسرار العالم.. هل اعتقدت حقًا أن ثلاثة أهرامات بهذه العظمة كانت مجرد مقابر؟!

ثم أولاني ظهره وهو يقول:

ـ أنا واثقٌ أننا سنلتقي مجددًا.. يومًا ما.

ثم انهالت ضربةٌ على رأسي أفقدتني الوعي.

فتحت عيني بصعوبةٍ لأجد نفسي ممددًا في غرفةٍ بيضاء، بجواري العقيد (سعيد) الذي ابتسم وهو يقول:

ـ ها أنت تعود إلى الحياة.!

ـ أين أنا؟

ـ أنت بالمستشفى.. لقد كنت فاقدًا للوعي ليومين.

ـ كيف أتيتُ إلى هنا؟!

فجاء صوت (سلمى) عند باب الغرفة تقول:

- لقد أتيت بك بعدما تعرضت للضرب والسرقة عندما كنت تقوم بتوصيلي إلى المنزل.. هل تتذكر هذا الأمر؟!.

ففهمت مقصدها وجاريتها قائلًا:

- نعم.. نعم.. تذكرت.

فضحك سعيد قائلًا:

- لن نقوم بذكر هذا الأمر، من الجيد أنك لم تفقد سلاحك.. و لكن ليس من الجيد ذكر أن ضابطًا بالمباحث تتم سرقته و ضربه هكذا!.. خذ وقتك للتعافي قبل العودة إلى العمل.

قالها و هو يصافحني ويغادر الغرفة قبل أن تجلس سلمى بجواري وتقول هامسةً:

- لقد رأيتهم يحملونك خارج المكان فتتبعتهم بالسيارة، وكنت في حالةٍ من الرعب ظنًا مني أنهم قد قتلوك.. وما إن ألقوا بك على جانب الطريق حتى تفحصتك لأجدك على قيد الحياة.. فأتيت بك إلى هنا.

- لا أعلم كيف أقوم بشكركِ، ولكن.. شكرًا لكِ!.

- ماذا حدث بالداخل؟!.

فتنهدتُ ثم قلت:

- هناك الكثير من الأمور التي علينا أن نبحث عنها.. يبدو كل شيءٍ بهوية مزيَّفة.

قلتها وأنا في داخلي سؤالٌ يتردد عني عندما عدلوا جميعًا عن فرص قتلي لسببٍ أجهله... سؤال يتردَّد عن هُويتي!.

اذكر اسم أكثر شخصية أعجبتك في هذا العدد، ولماذا؟ وما هي تصوراتك للأحداث التي ستتعرض لها هذه الشخصية في العدد القادم

اذكر اسم أكثر شخصية لم تعجبك في هذا العدد، ولماذا؟

اقترح موضوعات تحب أن تقرأها في الأعداد القادمة لسلسلة سباي البوليسية

قم بمسح هذا الكود لتراسلنا بهذه الصفحة
تصويرها من خلال واتس آب الدار